中学生谜语益智助学丛书

猜谜学成语

王德海 ◎ 编著

金盾出版社

内容提要

这是一套谜语丛书,丛书面向校园,是中学生开展猜谜活动必备读物。本书收入成语谜300余则,谜底为常用成语。每则谜语都设有猜谜提示和成语释义,有助于读者猜出谜底并准确理解掌握谜底成语的含义。猜谜语,既动脑又有趣,相信中学生会喜欢。

图书在版编目(CIP)数据

猜谜学成语/王德海编著.—北京:金盾出版社,2014.9
(2015.3重印)
(中学生谜语益智助学丛书)
ISBN 978-7-5082-9438-4

Ⅰ.①猜… Ⅱ.①王… Ⅲ.①谜语—中国—青少年读物②汉语—成语—故事—青少年读物 Ⅳ.①I277.8②H136.3-49

中国版本图书馆CIP数据核字(2014)第108736号

金盾出版社出版、总发行

北京太平路5号(地铁万寿路站往南)
邮政编码:100036 电话:68214039 83219215
传真:68276683 网址:www.jdcbs.cn
北京盛世双龙印刷有限公司印刷、装订
各地新华书店经销
开本:880×1230 1/32 印张:3
2015年3月第1版第2次印刷
印数:4001~7000册 定价:9.00元

(凡购买金盾出版社的图书,如有缺页、
倒页、脱页者,本社发行部负责调换)

编者的话

　　成语谜以成语做谜底，要比猜事物、猜字的谜语复杂些。在猜解成语谜时，常常要抛开平时的思维习惯，对谜底文字进行"别解"。所谓别解，就是不照本义去解释，而作另外的别的解释，即不按原意，故作曲解。

　　最常见的别解方式是利用汉字一字多义的特点，撇开本义，另取歧义，从而造成谜趣。例如，在"民航局开业"猜"有机可乘"这条谜语中，谜底的"机"字便由本义"机会"别解成了"飞机"。一经别解，谜味油然而生。

　　需要提醒读者注意的是，有的词汇含义本来就令人费解容易混淆，请不要把别解后的谜意当作语文范畴的解释。猜谜归猜谜，步入谜途后，要知道返回啊！希望通过对这类词汇的谜意与本义的分析对比，有助于读者辨明并记牢其准确含义。

目 录

谜面1字 …………………………………… 1

谜面2字 …………………………………… 11

谜面3字 …………………………………… 21

谜面4字 …………………………………… 26

谜面5字 …………………………………… 37

谜面6字 …………………………………… 47

谜面7字 …………………………………… 52

谜面8字 …………………………………… 77

谜面10字以上 ……………………………… 85

谜面1字

1. 明
猜谜提示 "明"是由"日"、"月"两字积累而成的。
成语释义 一天一天、一月一月地不断积累。指长时间不断地积累。

日积月累 rì jī yuè lěi

2. 主
猜谜提示 一个"往"字没有前面部分就是"主"。
成语释义 一往：一直向前进。无前：前面没有东西能阻挡。形容勇猛无畏地前进。

一往无前 yī wǎng wú qián

3. 斌
猜谜提示 "斌"字中"文""武"两字都有。
成语释义 形容人能文能武，智勇双全。

文武双全 wén wǔ shuāng quán

4. 驯
猜谜提示 "驯"字的结构组成是一个"马"字与"川"平放在一起。
成语释义 能纵马飞奔的平地。形容地势平坦、开阔。

一马平川 yī mǎ píng chuān

5 力

猜谜提示 "功"字的前面部分全部丢弃就是"力"。
成语释义 功:成绩。弃:失掉。以前的努力完全白费。

前功尽弃
qián gōng jìn qì

6 昙

猜谜提示 "昙"字中的"云"拿开后,便见"日"字。
成语释义 拨开云雾,见到太阳。比喻黑暗已经过去,光明已经到来。也比喻误会消除。

云开见日
yún kāi jiàn rì

7 昔

猜谜提示 "措"字的提手旁(扌)不到来,就是"昔"。
成语释义 措手:着手处理、应付。形容因事出突然或准备不足,来不及应付。

措手不及
cuò shǒu bù jí

8 忿

猜谜提示 "忿"字是由分别的"分"用上一个"心"构成的。
成语释义 用心:居心,心中的算计。心中另有算计。指言论或行动另有不可告人的企图。

别有用心
bié yǒu yòng xīn

谜面 1 字

9 黯

猜谜提示 "黯"字中有声音("音"),也有颜色("黑")。
成语释义 形容说话或表演精彩生动。

有声有色
yǒu shēng yǒu sè

10 声

猜谜提示 "声"由"喜"字上部和"眉"字顶梢组成的。
成语释义 眉梢:眉尖。高兴的神情从眉尖上表现出来。形容高兴得眉开眼笑。

喜上眉梢
xǐ shàng méi shāo

11 斤

猜谜提示 谜面仅一"斤",独具"匠"字之心。
成语释义 匠心:精巧的心思。具有独到的灵巧的心思。指在技巧和艺术方面的创造性。

独具匠心
dú jù jiàng xīn

12 晖

猜谜提示 "晖"是"晕"字的头部(日)转移了方向,移到了左边。
成语释义 晕:头昏。转向:迷失方向。头脑发晕,辨不清方向。

晕头转向
yūn tóu zhuǎn xiàng

猜谜学成语

13 泵
猜谜提示 "泵"中的"水"字落去,"石"字便出。
成语释义 水落下去,水底的石头就露出来。比喻事情的真相完全显露出来。

水落石出
shuǐ luò shí chū

14 龙
猜谜提示 给"龙"补充一个"耳",构成"聋",不能听闻。
成语释义 充:堵塞。闻:听见。塞住耳朵不听。指不想听取别人的意见。

充耳不闻
chōng ěr bù wén

15 帅
猜谜提示 "帅"加上"一"字,成为"师"。
成语释义 能给人改正一个字的老师。指修改作品关键字句使质量升华的有水平的人。

一字之师
yī zì zhī shī

16 汗
猜谜提示 "汗"字右边的"干"形如蜻蜓,左边是三点水(氵)。
成语释义 指蜻蜓在水面飞行时尾端轻轻接触水面的动作。比喻做事肤浅不深入。

蜻蜓点水
qīng tíng diǎn shuǐ

谜面 1 字

17 者
猜谜提示 "者"如果有"目"会组合成"睹"字。
成语释义 睹：看见。指非常明显，谁都看得见。

有目共睹
yǒu mù gòng dǔ

18 皿
猜谜提示 "皿"加上一撇（丿），成为"血"。这一撇可象形为一根针。
成语释义 比喻说话直截了当，切中要害。

一针见血
yī zhēn jiàn xiě

19 郊
猜谜提示 分析"郊"字结构，"交"在前头，后面接连个双耳旁（阝）。
成语释义 交头：头挨着头；接耳：嘴接近耳朵。形容两个人凑近低声交谈。

交头接耳
jiāo tóu jiē ěr

20 茗
猜谜提示 "茗"由"名"和草字头（艹）组成，"茅"字前面也是"艹"。
成语释义 比喻名次列在前面。

名列前茅
míng liè qián máo

猜谜学成语

21 曰

猜谜提示 "曰"不可混同于"日"字,"曰"的意思是说。
成语释义 不能放在同一时间内谈论。形容两者差距很大,不能相提并论。

不可同日而语
bù kě tóng rì ér yǔ

22 钎

猜谜提示 谜面一字里,含有"千"和"金"字旁。
成语释义 增损一字,赏予千金。称赞文辞精妙,不可更改。

一字千金
yī zì qiān jīn

23 咄

猜谜提示 谜面"咄"字的"口"脱开,余"出"。
成语释义 不经考虑,随口说出。

脱口而出
tuō kǒu ér chū

24 诳

猜谜提示 "诳"(kuáng,意为欺骗),是言字旁(讠)加个"狂"。"狂",当然不谦逊。
成语释义 逊(xùn):谦虚,客气。说话傲慢莽撞,没有礼貌。

出言不逊
chū yán bù xùn

谜面1字

25 吝

猜谜提示 "吝"拿出"口"字后,成为文章的"文"。
成语释义 说出话来就成文章。形容文思敏捷,口才好。

出口成章

26 禽

猜谜提示 谜面"禽"加上提手旁(扌),构成"擒"。
成语释义 擒:捉。原指作战一下子就能把敌人捉拿过来,后比喻做事有把握,不费力就做好了。

手到擒来

27 靶

猜谜提示 "靶"是指众箭所射的靶子。
成语释义 众:许多。矢:箭。的:箭靶子。比喻大家攻击的对象。

众矢之的

28 忍

猜谜提示 "忍"可以看成是"心"多一点加上"刀"构成的。"刀"是"力"不足。
成语释义 心里非常想做,可是力量不够。

心有余而力不足

29 怯

猜谜提示 "怯"是竖心旁（忄）与"去"组成的。"去"，不在了。

成语释义 焉：古汉语助词，意思相当于"于此"。心思不在这里。指思想不集中。

心不在焉

30 奇

猜谜提示 "奇"是"大"加上"可"构成的。

成语释义 事情很有发展前途，很值得去做。

大有可为

31 昊

猜谜提示 "昊"是重叠起来的"天日"。

成语释义 比喻脱离黑暗的环境，重新见到光明。

重见天日

32 扰

猜谜提示 半边"推"字、半边"就"字能合并成"扰"。

成语释义 推：推开。就：靠上去。形容装腔作势假意推辞的样子。

半推半就

谜面 1 字

女
猜谜提示 "如"字拿出一"口"就是"女"。
成语释义 好像出自一人之口。形容众口一词，说法一致。

如出一口
rú chū yì kǒu

仟
猜谜提示 "亻"可以看成是"千"字的"一"落去了。
成语释义 原指琴声陡然降落。后用来形容声誉、地位、情绪或经济状况等急剧下降。

一落千丈
yī luò qiān zhàng

巩
猜谜提示 "巩"字里有"工"和"凡"。"工"字在"天"的上面。"凡"指凡间，人间。
成语释义 一个在天上，一个在人间。比喻境遇悬殊。也指天上和人世之间。

天上人间
tiān shàng rén jiān

沮
猜谜提示 "沮"字左边三点水（氵），右边之"且"形如楼台。
成语释义 比喻能优先得到利益或便利的某种地位或关系。

近水楼台
jìn shuǐ lóu tái

瞪

猜谜提示 "瞪"是用力睁大眼。
成语释义 广泛地开阔了视野,增长了见识。

大开眼界
dà kāi yǎn jiè

谜面 2 字

1. 几成

猜谜提示 "几成"二字，看上去如同"儿戏"。
成语释义 把事情当成小孩儿玩耍一样来对待。比喻不当一回事，极不重视。

视同儿戏
shì tóng ér xì

2. 选刀

猜谜提示 挑选刀，图的是锋利。
成语释义 唯：仅，只。是：复指代词，指代前面的"利"。图：贪图。只要有利就去追求。

唯利是图
wéi lì shì tú

3. 对准

猜谜提示 "对准"两字的左边部分（又）和右边部分（隹）合并为"难"。
成语释义 两方面为难。指不管怎么做都不妥当，都有难处。

左右为难
zuǒ yòu wéi nán

4. 乒乓

猜谜提示 "乒""乓"均是短缺了一笔的"兵"字。
成语释义 短兵：短兵器，如刀剑之类。接：交战。指作战时近距离厮杀。也比喻双方面对面进行尖锐的斗争。

短兵相接
duǎn bīng xiāng jiē

5 吞吴

猜谜提示 "吞吴"中的两个"天",每个"天"都带有一方格(口)。

成语释义 远隔异地,各在一方。形容离别后,彼此相距遥远。

天各一方
tiān gè yī fāng

6 相反

猜谜提示 "相反"二字可重组为"板目",一"板"一"目"(眼目)。

成语释义 板、眼:戏曲音乐的节拍。比喻言语、行动有条理或合规矩。有时也比喻做事死板,不懂得灵活掌握。也作"一板三眼"。

一板一眼
yī bǎn yī yǎn

7 九寸

猜谜提示 "寸"是"寻"字的根部,"九"为"究"字的底部。

成语释义 究:追究。寻求根由,追究底细。

寻根究底
xún gēn jiū dǐ

8 牛马

猜谜提示 在"鼠牛虎兔龙蛇马羊猴鸡狗猪"十二生肖的排序中,"牛"在"虎"前头,"马"在"蛇"后面。

成语释义 虎的头部很大,蛇的尾部很细。比喻开始声势很大,后来劲头很小;做事有始无终。

虎头蛇尾
hǔ tóu shé wěi

谜面 2 字

9　月宫

猜谜提示　月宫是传说中月亮里的宫殿。
成语释义　悬在半空中的阁楼。比喻虚幻的事物或脱离实际的空想。

空中楼阁
kōng zhōng lóu gé

10　刺猬

猜谜提示　刺猬身上长有硬刺,不可用手去捉它摸它。
成语释义　捉摸:揣测,预料。指对人或事物无法猜测和估量。

不可捉摸
bù kě zhuō mō

11　风箱

猜谜提示　风箱用于鼓风,一鼓就有气。
成语释义　本指擂响第一通战鼓时,士气振奋。后指鼓起干劲,一口气完成。

一鼓作气
yī gǔ zuò qì

12　洞察

猜谜提示　"洞察"一词,意思是观察得很清楚。猜谜时拆成两个单字来理解:洞,孔洞;察,察看。
成语释义　孔:小窟窿。从一个小窟窿里所看到的。比喻狭隘片面的见解。

一孔之见
yī kǒng zhī jiàn

猜谜学成语

13 仙乐

猜谜提示 仙乐,不同于凡间的音响。
成语释义 凡响:平凡的音乐。形容事物不平凡,很出色(多指文学、艺术作品)。

不同凡响
bù tóng fán xiǎng

14 捷报

猜谜提示 人听到捷报后定会喜悦。
成语释义 过:过失,错误。则:就。听到别人批评自己的缺点或错误,表示欢迎和高兴。指虚心接受意见。

闻过则喜
wén guò zé xǐ

15 空难

猜谜提示 空难是飞机飞行带来的横祸。
成语释义 横:意外发生的。突然发生的意外灾祸。

飞来横祸
fēi lái héng huò

16 富余

猜谜提示 "富"则无穷;有"余"则没有尽。
成语释义 穷:完了。没有止境,没有限度。

无穷无尽
wú qióng wú jìn

谜面 2 字

17 色盲

猜谜提示 色盲患者眼睛不能正常辨别颜色。
成语释义 皂：黑色。比喻不分是非，不问情由。又作"不问青红皂白"。

（谜底：不分青红皂白 bù fēn qīng hóng zào bái）

---

18 画梅

猜谜提示 笔底下产生了梅花。
成语释义 比喻文章写得生动、出色。

（谜底：笔底生花 bǐ dǐ shēng huā）

---

19 导游

猜谜提示 导游要引导人进入有名胜的地方游览。
成语释义 引：吸引，引诱。胜：胜地，胜境，指美妙的境地或生动的情景。引人进入佳境。现多用来指风景或文艺作品特别吸引人。

（谜底：引人入胜 yǐn rén rù shèng）

---

20 速雕

猜谜提示 "速"，迅速，不容迟缓；"雕"，雕刻。
成语释义 刻：片刻，极短的时间。缓：延缓，拖延。指形势紧迫，一刻也不容许拖延。

（谜底：刻不容缓 kè bù róng huǎn）

枕头

猜谜提示 枕头在使用时是放置于脑后。
成语释义 放在一边不再想起。形容极不重视。

置之脑后
zhì zhī nǎo hòu

梳子

猜谜提示 梳子在使用时，一接触到的便是头发。
成语释义 触：碰。即：就。原指把箭扣在弦上，拉开弓等着射出去。比喻事态发展到了十分紧张的阶段，稍一触动就立即会爆发。

一触即发
yī chù jí fā

镶牙

猜谜提示 镶牙是安装假牙。牙齿缺少了才会去镶挂假牙齿。
成语释义 不足：不值得。挂齿：说到，提起。不值得一提（谦虚的说法）。

不足挂齿
bù zú guà chǐ

打假

猜谜提示 商品打假，要去除伪冒的，保留真的。
成语释义 伪：假的。存：留下。除掉虚假的，留下真实的。

去伪存真
qù wěi cún zhēn

谜面 2 字

25 砸扁

猜谜提示 把物品砸扁，打成片状的。
成语释义 原指形成一个整体。现多形容感情融洽，成为一体。

打成一片
dǎ chéng yí piàn

26 战场

猜谜提示 战场是动武的地方。
成语释义 适宜于用兵打仗的地方。比喻可以施展自己才能的地方或机会。

用武之地
yòng wǔ zhī dì

27 听见

猜谜提示 "听"是用耳闻，"见"是用眼看。
成语释义 闻：听见。睹：看见。亲耳听到，亲眼看见。

耳闻目睹
ěr wén mù dǔ

28 露馅

猜谜提示 食品露馅，包在外面的皮破开了，里头的肉、蔬菜等馅也现出来了。
成语释义 绽（zhàn）：裂开。皮肉都裂开了。形容伤势严重。多指受残酷拷打。

皮开肉绽
pí kāi ròu zhàn

29 拍照

猜谜提示 拍照，用相机做事。
成语释义 相（xiàng）机：瞅准机会。看准时机，灵活办事或行动。

相机行事
xiāng jī xíng shì

30 灰色

猜谜提示 灰色介于黑色和白色之间。
成语释义 混淆：弄混乱。黑、白：比喻是非。故意把黑的说成白的，把白的说成黑的，制造混乱。

混淆黑白
hùn xiáo hēi bái

31 煤球

猜谜提示 煤球是漆黑的一团。
成语释义 形容一片黑暗，没有一点光明。也形容对事情一无所知或认为一无是处。也作"一团漆黑"。

漆黑一团
qī hēi yī tuán

32 肌腱

猜谜提示 肌腱连接着骨骼和肌肉。
成语释义 像骨头和肉一样互相连接着。比喻关系非常密切，不可分离。

骨肉相连
gǔ ròu xiāng lián

谜面 2 字

33 真想

猜谜提示 "真",不假。"想",思考,思索。
成语释义 假:假借,依靠。形容做事答话敏捷、熟练,用不着考虑。

不假思索 bù jiǎ sī suǒ

34 遥拜

猜谜提示 遥远一拜,说明尊敬但彼此相距遥远。
成语释义 指表示尊敬,但不愿接近。

敬而远之 jìng ér yuǎn zhī

35 辞海

猜谜提示 "辞海"本是辞书名,猜谜时按字面意思别解为辞别大海。回头就是岸上了。
成语释义 佛经有"苦海无边,回头是岸"的话,意思是说,有罪的人好像掉进了无边无际的苦海里,只要回过头来,决心改悔,就能爬上岸来,获得再生。比喻做坏事的人,只要决心悔改,就有出路。

回头是岸 huí tóu shì àn

36 坚冰

猜谜提示 坚:硬,坚固。坚冰坚固而不易融化。
成语释义 顽固:愚昧而不知变通。化:改变。保守固执,不思改变。

顽固不化 wán gù bù huà

摔炮

猜谜提示 将摔炮往地上用力一掷，便会爆炸发出声响。

成语释义 掷：扔，投。原形容文学作品文辞华美，声韵铿锵。后形容人的文章或说话气势豪迈，坚定有力。

掷地有声
zhì dì yǒu shēng

谜面 3 字

1. 跷跷板

猜谜提示 坐跷跷板时，这头升起那头便落下。
成语释义 这里起来，那里下去。形容接连不断地起来。又作"此起彼落"。

此起彼伏 cǐ qǐ bǐ fú

2. 考父母

猜谜提示 小孩子出的题目，让大人来做。
成语释义 拿小题目做大文章。比喻把小事情当做大事情来处理（含有不值得这样做的意味）。

小题大做 xiǎo tí dà zuò

3. 重读记

猜谜提示 "重读"，读了又读，念了又念；"记"，记住则不忘。
成语释义 念念：时刻思念着。形容牢记于心，时刻不忘。

念念不忘 niàn niàn bù wàng

4. 农产品

猜谜提示 农产品是从土里生土里长出来的。
成语释义 土：本地的。本地生的，本地长的。

土生土长 tǔ shēng tǔ zhǎng

猜谜学成语

5 辫子功

猜谜提示 所谓辫子功,是用后面的头发(辫子)制服别人。
成语释义 制:制服。等对方先动手,再抓住有利时机反击,制服对方。

后发制人
hòu fā zhì rén

6 闲地窖

猜谜提示 地窖闲着,自然是一个空洞,里边无物品。
成语释义 空空洞洞,没有什么内容。

空洞无物
kōng dòng wú wù

7 雨夹雪

猜谜提示 又落雪花,又流雨水。
成语释义 原形容暮春景色衰败。后常用来比喻被打得大败。

落花流水
luò huā liú shuǐ

8 别发愁

猜谜提示 谜面本意是不要发愁,现别解为分别时发愁。
成语释义 欢:愉快。很不愉快地分手。

不欢而散
bù huān ér sàn

谜面 3 字

9 求良药

猜谜提示 常言道:"良药苦口利于病"。求良药自然是自己讨苦药吃。
成语释义 讨:招惹。指自己为自己找麻烦。

自讨苦吃
zì tǎo kǔ chī

10 结婚照

猜谜提示 结婚照一拍,二人就要结合了。
成语释义 拍:打拍子。一打拍子就能与乐曲的节奏相合。比喻很容易、很快就和谐一致。

一拍即合
yī pāi jí hé

11 啃书本

猜谜提示 书本里有文字。
成语释义 形容过分斟酌字句。多用来讽刺死抠字眼而不注重精神实质。后也指故意卖弄自己的学识。

咬文嚼字
yǎo wén jiáo zì

12 吃核桃

猜谜提示 要把每个核桃壳打破才能吃到。
成语释义 各个:逐个。把对方逐个攻破。

各个击破
gè gè jī pò

猜谜学成语

13 冒牌货

猜谜提示 不打自己的招牌。
成语释义 旧指没有用刑,自己就招认了罪行。后比喻无意中透露出自己的坏主意。

不打自招
bù dǎ zì zhāo

14 九十九

猜谜提示 一百少去一,就是九十九。
成语释义 形容有充分把握,绝对不会出差错。

百无一失
bǎi wú yī shī

15 育龄期

猜谜提示 有生育的年月。
成语释义 指人还活在世上的岁月。

有生之年
yǒu shēng zhī nián

16 水帘洞

猜谜提示 水帘洞的洞口,犹如悬挂着一条河。
成语释义 若:好像。悬河:瀑布。讲起话来滔滔不绝,像瀑布不停地奔流倾泻。形容口才好,会讲话。常和"滔滔不绝"连用。

口若悬河
kǒu ruò xuán hé

谜面 3 字

17 报警器

猜谜提示 报警器一旦鸣响，会很惊人。
成语释义 鸣：鸟叫。一叫就使人震惊。比喻平时没有突出的表现，一下子做出惊人的成绩。

一鸣惊人
yī míng jīng rén

18 冲奶粉

猜谜提示 让水和乳制品交融在一起。
成语释义 交融：融合在一起。像水和乳汁融合在一起。比喻感情很融洽或结合十分紧密。

水乳交融
shuǐ rǔ jiāo róng

19 糖衣片

猜谜提示 "糖衣"是包在某些苦药表面的糖质层，作用是使药物容易吞下去。糖衣片就是包有一层糖衣的药片。
成语释义 甘：甜。共欢乐，共患难。

同甘共苦
tóng gān gòng kǔ

猜谜学成语

1. 限招九名
猜谜提示 限招九名，当然不可以收十个。
成语释义 收拾：整顿、整理。指事物败坏到无法整顿或不可救药的地步。

bù kě shōu shí 不可收拾

2. 代代为奴
猜谜提示 前代是奴仆，后代继续做奴仆，代代为奴。
成语释义 仆：倒下。继：接着，跟上。前面的倒下了，后面的紧跟上去。形容斗争的英勇壮烈。

qián pū hòu jì 前仆后继

3. 玩具邮箱
猜谜提示 是玩具邮箱，难以放置信件。
成语释义 置信：相信。很难让人相信。

nán yǐ zhì xìn 难以置信

4. 为何用秤
猜谜提示 因为不知道物体的轻重嘛。
成语释义 不懂得权衡事情的重要和不重要。比喻做事没有分寸，鲁莽冒失。

bù zhī qīng zhòng 不知轻重

谜面 4 字

5. 关闭彩电
猜谜提示 彩电关闭后，不露声音、色彩。
成语释义 声色：指说话的声音和脸上的表情。心里的打算不在说话和脸色上显露出来。

不露声色
bù lù shēng sè

6. 果园漫步
猜谜提示 在果园里漫步，脚踏在生长果实的地上。
成语释义 脚踏在坚实的土地上。比喻做事踏实，认真。

脚踏实地
jiǎo tà shí dì

7. 海底捞金
猜谜提示 捞金获益处不浅啊。
成语释义 匪：非，不。形容受到很大的益处和启迪。

获益匪浅
huò yì fěi qiǎn

8. 楼下客满
猜谜提示 楼下旅客已满，后来的只能居住楼上了。
成语释义 居：处在。后来的超过先前的，有赞许的意思。

后来居上
hòu lái jū shàng

猜谜学成语

9 只求质量

猜谜提示 只求质量，说明不计较其数量。
成语释义 计：计算。没法计算数目。形容很多。

不计其数
bù jì qí shù

10 井位已定

猜谜提示 已确定凿井的位置，不再移动了。
成语释义 确凿：确实。不移：不能变动。确实可靠，不容怀疑。

确凿不移
què záo bù yí

11 病床闲置

猜谜提示 病床闲置，说明医院有准备，但无住院的患者。
成语释义 患：祸患，灾难。事先有准备，就可以避免祸患。

有备无患
yǒu bèi wú huàn

12 处处开荒

猜谜提示 到处都在开荒，不留空余的土地。
成语释义 不留一点空余的地方。多形容言语、行动没有留下可回旋的余地。

不留余地
bù liú yú dì

谜面 4 字

13 仙人指路

猜谜提示 "指路"要出手,"仙人"不是凡人。
成语释义 出手:开始做某件事情时表现出来的本领。指开始做某件事时就不同凡响。

出手不凡
chū shǒu bù fán

14 集体朗诵

猜谜提示 大家口里念的是同一种词句。
成语释义 众多的人所说的都一样。

众口一词
zhòng kǒu yì cí

15 水陆不通

猜谜提示 水陆都不通,可以乘飞机进入。
成语释义 利用别人尚未准备充分的时间或等待机会到来时迅速地去完成自己想做的事情。一般含有投机的意思。

乘机而入
chéng jī ér rù

16 月到中秋

猜谜提示 月到中秋,分外明亮,又圆又大。
成语释义 心怀坦白,言行正派。又作"正大光明"。

光明正大
guāngmíng zhèng dà

17 方圆黑白

猜谜提示 方形圆形,黑色白色。
成语释义 形容事物种类繁多,各式各样。

形形色色
xíng xíng sè sè

18 闯王族谱

猜谜提示 明末农民起义领袖李自成,人称闯王。闯王族谱是记载李自成家族的。
成语释义 指在某种学术、技能上有独到之处,能自成体系。

自成一家
zì chéng yī jiā

19 门外告别

猜谜提示 到了门外才告别,在住所里不告辞。
成语释义 决不推辞。

在所不辞
zài suǒ bù cí

20 粮棉增产

猜谜提示 粮食和棉花都丰收,吃的穿的都充足了。
成语释义 衣:穿的。食:吃的。穿的吃的都很丰富充足。形容生活富裕。

丰衣足食
fēng yī zú shí

谜面 4 字

21 爱好旅游

猜谜提示 喜欢出去看看外面。
成语释义 望：希望，意料。由于出乎意料的好事而非常高兴。

xǐ chū wàng wài
喜出望外

22 愚公之家

猜谜提示 古代寓言，愚公家门前有太行、王屋两座大山。
成语释义 打开门就能看见山。比喻说话或写文章直截了当谈本题，不拐弯抹角。

kāi mén jiàn shān
开门见山

23 重庆居中

猜谜提示 "重庆居中"说明始和终都不是重庆。重庆的别称为"渝"。
成语释义 渝：变。自始至终一直不变。指守信用。

shǐ zhōng bù yú
始终不渝

24 矫正口吃

猜谜提示 让口吃患者的语言功能好起来。
成语释义 言：古汉语助词。归于：回到。好：和好。指彼此重新和好。

yán guī yú hǎo
言归于好

25 脸谱汇编

猜谜提示 脸谱汇编,各种脸面的化妆造型都要汇集到。
成语释义 俱:都。各方面都照顾到,没有遗漏疏忽。也指虽然照顾到各方面,但一般化。

面面俱到
miàn miàn jù dào

26 "薄"改为"浦"

猜谜提示 "薄"字里面的"寸"和草字头(艹)要去掉。
成语释义 连小草也不留下。多用来形容烧杀抢掠极其残暴。

寸草不留
cùn cǎo bù liú

27 "杭"改为"航"

猜谜提示 "杭"改为"航"后,"杭"字的"木"已变成"舟"了。
成语释义 树木已经做成了船。比喻事情已成定局,无法改变。

木已成舟
mù yǐ chéng zhōu

28 "苦"改为"芩"

猜谜提示 "苦"改为"芩"(qín),下面的"古"要离开,让"今"进来。
成语释义 从古到今。泛指很长一段时间。

古往今来
gǔ wǎng jīn lái

谜面 4 字

29 变"奏"为"春"

猜谜提示　两字下面不同,要把"天"字拿走,换成"日"。
成语释义　比喻暗中改变事物的真相,以达到蒙混欺骗的目的。

偷天换日
tōu tiān huàn rì

30 火把接力

猜谜提示　火把接力,交付给下一位的是一支火炬(又称火把)。
成语释义　一炬:一把火。指一把火给烧了。

付之一炬
fù zhī yī jù

31 十孔九漏

猜谜提示　只有一个孔洞不通,不会漏。
成语释义　窍:孔洞,此处指心窍。没有一窍是贯通的。比喻一点儿也不懂。

一窍不通
yī qiào bù tōng

32 全部就业

猜谜提示　不遗留下多余的劳动力。
成语释义　遗:留。余力:剩余的力量。把全部力量都使出来,一点不保留。

不遗余力
bù yí yú lì

33 甘居陋室

猜谜提示 从反面去联想。
成语释义 登：走上。大雅之堂：文雅高贵的地方。形容某些不被人看重的、"粗俗"的事物（多指文艺作品）。

bù dēng dà yǎ zhī táng
不登大雅之堂

34 长途电话

猜谜提示 打长途电话，相距遥远，却能互相呼应畅谈。
成语释义 遥：遥远。远远地互相配合。

yáo xiāng hū yìng
遥相呼应

35 只报字号

猜谜提示 只报字号，姓和名都隐瞒了。
成语释义 隐瞒自己的真实姓名，不让别人知道。

yǐn xìng mái míng
隐姓埋名

36 只售站票

猜谜提示 只售站票，已经没有座位了。
成语释义 虚：空。席：座位。座位没有空着的。形容听众、观众或客人很多。

zuò wú xū xí
座无虚席

谜 面 4 字

37 山海难量

猜谜提示 山有多高，海有多深，难以测量。
成语释义 莫：不，不能。测：揣测。高深的程度无法揣测（含有讽刺意味）。

高深莫测
gāo shēn mò cè

38 冲浪运动

猜谜提示 随着波浪起伏漂流。
成语释义 逐：追逐，追赶。随着波浪起伏，跟着流水漂荡。比喻没有坚定的立场，缺乏判断是非的能力，只是随着别人走。

随波逐流
suí bō zhú liú

39 舟随潮起

猜谜提示 潮水上涨，船也随之升高。
成语释义 水位上涨，船也跟着升高。比喻事物随着它所凭借的基础的提高而增长提高。

水涨船高
shuǐ zhǎngchuán gāo

40 祖孙回家

猜谜提示 老人和孩童都返回家里。
成语释义 返：回。童：童年。从老年回到童年。形容老年人充满了活力。

返老还童
fǎn lǎo huán tóng

禁止爬树

猜谜提示 不可以往高处攀爬。
成语释义 高得无法攀登。形容难于达到。

高不可攀
gāo bù kě pān

缺货通知

猜谜提示 缺货通知,是说没有物品了。
成语释义 指文章或言论很空洞,没有实际内容。

言之无物
yán zhī wú wù

谜面5字

1. 跳伞爱好者

猜谜提示 跳伞爱好者喜欢从天上降落下来。
成语释义 喜事好像是从天上掉下来的。形容意外的喜事突然出现。

喜从天降
xǐ cóng tiān jiàng

2. 病从脚跟起

猜谜提示 谜面说明疾病脚先得。
成语释义 疾：急速。比喻行动迅速的人首先达到目的。

疾足先得
jí zú xiān dé

3. 狗猫像什么

猜谜提示 狗如狼，猫似虎。
成语释义 像狼、虎一样。比喻非常凶暴。

如狼似虎
rú láng sì hǔ

4. 人人有房住

猜谜提示 人人都有房住，各自得到其住所。
成语释义 所：处所，位置。指每个人或事物都得到恰当的位置或安排。

各得其所
gè dé jī suǒ

5 与老子为邻

猜谜提示 隔墙有李耳。李耳即"老子",为春秋时期的思想家,道家的创始人。

成语释义 墙外有人偷听,秘密容易外泄。

隔墙有耳
gé qiáng yǒu ěr

6 脱鳞须干净

猜谜提示 脱鳞必须干净,一片鳞甲也不留。

成语释义 甲:铠甲,代指将士。一个战士也没有留下。形容全军覆灭。

片甲不留
piàn jiǎ bù liú

7 赤橙绿蓝紫

猜谜提示 谜面为"赤橙黄绿青蓝紫"七色中的"青""黄"没有接连上。

成语释义 青:指田里的青苗。黄:指黄熟的庄稼。旧粮已经吃完,新粮尚未接上。也比喻人才或物力前后接不上。

青黄不接
qīng huáng bù jiē

8 家家做饺子

猜谜提示 没有哪个住所不包(饺子)。

成语释义 没有什么不被包括。形容包含的东西非常多。

无所不包
wú suǒ bù bāo

谜面 5 字

9 二四六八十

猜谜提示 谜面中没有单数,有偶数。
成语释义 独:一个。偶:一对。不只一个,竟然还有配对的(多用于贬义)。

无独有偶 wú dú yǒu ǒu

10 添丁又添粮

猜谜提示 添丁又添粮说明人和地都在生。
成语释义 新到一个环境,对人和地方都不熟悉。

人生地疏 rén shēng dì shū

11 骄傲也是病

猜谜提示 人骄傲自满也为病患。
成语释义 患:灾难。人太多,超过了可以容纳的限度,成了灾难。

人满为患 rén mǎn wéi huàn

12 长裤改短裤

猜谜提示 两只裤管都要裁下。
成语释义 管:指笔管。原指手握双笔同时作画。后比喻做一件事两个方面同时进行或两种方法同时使用。

双管齐下 shuāng guǎn qí xià

13 提倡开短会

猜谜提示 要言谈不烦琐才好。
成语释义 要：简要。烦：烦琐。指说话或写文章简单扼要，不烦琐。

要言不烦
yào yán bù fán

14 黄河出昆仑

猜谜提示 高山下流出水来。
成语释义 比喻知己或知音。也比喻乐曲高妙。

高山流水
gāo shān liú shuǐ

15 有病须隔离

猜谜提示 患病就难以在一起。
成语释义 共同承担危险和困难。

患难与共
huàn nàn yǔ gòng

16 增设电话线

猜谜提示 电话线是用于通话的路径。
成语释义 言：进言，提供意见。广泛打开进言的途径。指尽可能地提供发表意见的条件。

广开言路
guǎng kāi yán lù

谜面 5 字

17 滑冰好处多

猜谜提示 谜面是说溜冰大有好处。
成语释义 溜:悄悄地走开。悄悄跑掉了事。

溜之大吉
liū zhī dà jí

18 散步能治病

猜谜提示 行走有效果。
成语释义 实行起来有成效。指某种方法或措施已经实行过,证明很有效用。

行之有效
xíng zhī yǒu xiào

19 民航局开业

猜谜提示 有飞机可以乘坐了。
成语释义 乘:趁。机:机会。有空子可钻。又作"有隙可乘"。

有机可乘
yǒu jī kě chéng

20 双打四连胜

猜谜提示 "打"会意为"战"。"胜"会意为"克"(战胜)。
成语释义 战战:恐惧发抖的样子。兢兢:小心谨慎的样子。形容非常害怕而又小心谨慎。

战战兢兢
zhàn zhàn jīng jīng

21 "仟"不同于"千"

猜谜提示 因为有了单人旁（亻）而不同。
成语释义 因人的不同而有所差异。

因人而异

22 棋子放哪里

猜谜提示 下棋落子不明白啊。
成语释义 下落：着落，去处。指不知道要寻找的人或物在什么地方。

下落不明

23 飞行员上班

猜谜提示 看到飞机才做事。
成语释义 行：做，办。指看具体情况灵活办事。又作"见机而行"。

见机行事

24 又到星期一

猜谜提示 一周又开始了。
成语释义 周：转一圈。复始：重新开始。转了一圈又一圈，不断循环。

周而复始

谜面 5 字

25. 木要制成模

猜谜提示 "木"字要成为"模","莫"字必须有。
成语释义 莫须:恐怕,也许。原意是也许有吧。后指凭空捏造(的罪名)。

莫须有 mò xū yǒu

26. 歼敌须神速

猜谜提示 不可以磨蹭地消灭。
成语释义 磨灭:逐渐消失。永远消失不了。指事迹言论等将始终保留在人们的记忆中。

不可磨灭 bù kě mó miè

27. 天涯若比邻

猜谜提示 "海内存知己,天涯若比邻。"为唐诗名句,意思是只要在世上还有你这个知己,就是远隔天涯也像近在比邻。天涯:天边,这里比喻极远的地方。比邻:近邻。因此,谜面说彼此相隔很长的道路也觉得距离短。
成语释义 随意议论别人的是非好坏。

说长道短 shuō cháng dào duǎn

28. 司机操旧业

猜谜提示 继续以往的工作开车。
成语释义 继:继承。开:开辟。继承前人的事业,开辟未来的道路。

继往开来 jì wǎng kāi lái

猜谜学成语

擦破一点皮

猜谜提示 身体大部分没有伤到。
成语释义 伤：妨害。大体：指事物的主要方面。对于事物的主要方面没有什么妨害。

无伤大体
wú shāng dà tǐ

瞧这个死样

猜谜提示 一见好像死了那样。
成语释义 故：故人，老朋友。初次见面就像老朋友一样合得来。

一见如故
yī jiàn rú gù

染病又痊愈

猜谜提示 得病后痊愈，病症消失了。
成语释义 患：担忧。担心得不到，得到了又担心失掉。形容对个人得失看得太重。

患得患失
huàn dé huàn shī

别前显绝招

猜谜提示 张扬显示自己的特长后才离去。
成语释义 扬长：大模大样地离开的样子。大模大样地径直离去。

扬长而去
yáng cháng ér qù

谜面 5 字

白了少年头

猜谜提示 少年头白了,有仙鹤羽毛般白的头发和孩童的容颜。

成语释义 颜:容颜,脸色。像仙鹤羽毛般雪白的头发,像儿童那样红润的面色。形容老年人气色好,精神旺。

hè fà tóng yán

带头不抽烟

猜谜提示 引导大家戒烟。

成语释义 戒:警戒。指把过去犯错误的教训拿来作为警戒,避免重犯。

yǐn yǐ wéi jiè

早晚要出事

猜谜提示 谜面别解为早晨、晚上要出事,有危险。

成语释义 旦夕:早晨和晚上,指很短时间之内。形容危险就在眼前。

wēi zài dàn xī

盖楼赚大钱

猜谜提示 楼房一层层盖出来就能赚钱致富,不会贫穷。

成语释义 层:一个接一个地,不断地。穷:完,尽。接连不断地出现,没有穷尽。

céng chū bù qióng

37 注视反光镜

猜谜提示 看着前面(反光镜),便能通过反光镜看到后面的景物。

成语释义 瞻:往前看。顾:向后看。看看前面,又回头看看后面。形容做事之前考虑周密慎重。也形容顾虑太多,犹豫不决。

瞻前顾后
zhān qián gù hòu

---

38 没关水龙头

猜谜提示 龙头放开任水自流。

成语释义 放任:放手不管。指听凭自然地发展,不加领导或过问。

放任自流
fàng rèn zì liú

---

39 灶王爷上天

猜谜提示 灶神没有守在房舍里,上天去了。

成语释义 舍:房舍,这里指人的躯体。形容心神极不安定。

神不守舍
shén bù shǒu shè

谜面 6 字

1. 主动送货上门

猜谜提示 主动供货，不应该等人来求。
成语释义 供：供应，供给。求：需求，需要。供应不能满足需要。

（谜底：供不应求 gōng bù yìng qiú）

2. 胸透结果保密

猜谜提示 "胸透"扣"心照"；"结果保密"，"不宣"扬。
成语释义 照：知道。宣：公开说出。彼此心里明白，而不公开说出来。

（谜底：心照不宣 xīn zhào bù xuān）

3. 小雨下个不停

猜谜提示 细小的雨水在长时间地流。
成语释义 比喻节约使用财物，使经常不缺用。也比喻一点一滴不间断地做某件事。

（谜底：细水长流 xì shuǐ cháng liú）

4. 选玉环选飞燕

猜谜提示 杨玉环肥，赵飞燕瘦。
成语释义 比喻挑挑拣拣，光要对自己有利的。

（谜底：挑肥拣瘦 tiāo féi jiǎn shòu）

猜谜学成语

5 运筹帷幄之中

猜谜提示 筹：谋划。帷幄（wéi wò）：古时军中帐幕。谜面意思就是在帐幕里出谋划策。因此是没有走出这个处所去谋划预料的。

成语释义 事由变化，在预料之中。形容原先预料的准确。

不出所料
bù chū suǒ liào

6 春节更换年画

猜谜提示 放弃旧图画，更换上新年的。

成语释义 弃：舍去，扔掉。图：谋求。抛弃旧的，谋求新的。多指由坏的转向好的，离开错误的道路走向正确的道路。

弃旧图新
qì jiù tú xīn

7 尚有河南未定

猜谜提示 犹（还）有河南没有决定。河南省的别称是"豫"。

成语释义 拿不定主意。

犹豫不决
yóu yù bù jué

8 一枕黄粱再现

猜谜提示 "一枕黄粱"指黄粱一梦。再现，当重温梦境。

成语释义 温：温习。比喻再经历一次过去的光景（多含贬义）。

重温旧梦
chóng wēn jiù mèng

谜面 6 字

9 医院只收病员

猜谜提示 别来没有病的。
成语释义 恙：病。分别以来一直都很好吗？常用作别后通信或重逢时的问候语。

别来无恙
bié lái wú yàng

10 重型车开不惯

猜谜提示 驾驶轻型车就熟练。
成语释义 轻：轻车。就：走上。熟：熟路。驾着轻车走熟路。比喻曾经做过某事的人再做此事，因为熟悉，做起来容易。

轻车就熟
qīng chē jiù shú

11 哎呀，颜料丢了！

猜谜提示 哎呀一声，说明大惊。
成语释义 色：脸色。非常害怕，脸色都变了。

大惊失色
dà jīng shī sè

12 读新书读好书

猜谜提示 不念旧的恶（坏）的。
成语释义 念：记在心上。不计较过去的怨仇。

不念旧恶
bù niàn jiù è

猜谜学成语

13 望彩霞而赞叹

猜谜提示　天空真烂漫啊！
成语释义　天真：指心地单纯，没有做作和虚伪。烂漫：坦率自然的样子。形容儿童思想单纯、活泼可爱，没有做作和虚伪。

天真烂漫
tiān zhēn làn màn

---

14 点金牌算银牌

猜谜提示　数第一名、第二名有多少。
成语释义　不算第一也算第二。形容突出。

数一数二
shǔ yī shǔ èr

---

15 广泛开展竞赛

猜谜提示　到处都在比试。
成语释义　比比：一个挨一个，引申为"到处"的意思。到处都是。形容很多。

比比皆是
bǐ bǐ jiē shì

---

16 疯狂的迪斯科

猜谜提示　跳迪斯科时，身体要摇摆。"疯狂的"说明摇摆幅度大。
成语释义　走路时身子摇摇摆摆。形容自以为了不起的傲慢神态。

大摇大摆
dà yáo dà bǎi

谜 面 6 字

17. 滑坡原因不明

猜谜提示 怎么会塌呢？原因不明，还是糊涂的。
成语释义 形容混乱或败坏到了不可收拾的程度。

一塌糊涂
yī tā hú tú

十天跑完长城

猜谜提示 长城，又称万里长城。如以万里计算，一日跑多远呢？
成语释义 原形容马跑得很快。后比喻进展极快。

一日千里
yī rì qiān lǐ

马路上打电话

猜谜提示 在道路上（打电话）又听又说。
成语释义 道、途：路。路上听来，又在路上传播的话。指没有根据的传闻。

道听途说
dào tīng tú shuō

猜谜学成语

1. 一点也不像岳父

猜谜提示 哪里像泰山啊？泰山：岳父的别称。
成语释义 安：安稳。泰山：我国著名的高山，在山东省。形容像泰山一样稳固，不可动摇。

安如泰山
ān rú tài shān

2. 白天只做零部件

猜谜提示 大的器件是在晚上做成的。
成语释义 大器：比喻能担当重任的人。指能担当重任的人物要经过长期的锻炼，所以成就较晚。

大器晚成
dà qì wǎn chéng

3. 老挝首都旧貌变

猜谜提示 老挝首都是"万象"。
成语释义 万象：宇宙间的一切景象。更：变更。事物或景象改换了样子，出现了一番新气象。

万象更新
wàn xiàng gēng xīn

4. 雪芹无钱买灯油

猜谜提示 曹雪芹无钱买灯油，那他只能在白日里写作《红楼梦》了。
成语释义 白日：白天。大白天做梦。比喻妄想实现根本不可能实现的事情。

白日做梦
bái rì zuò mèng

谜面 7 字

5 蹦蹦跳跳进考场

猜谜提示 跳跃着进去欲考试。
成语释义 跃跃：急于要行动的样子。欲：要。形容急切地想试试。

yuè yuè yù shì

6 明年今日好还乡

猜谜提示 满一载（年）便归来。
成语释义 满：满满地。载：装载。归：回来。装得满满地回来。比喻收获很大。

mǎn zǎi ér guī

7 宇宙和岩层讲座

猜谜提示 既谈天上，也说地下。
成语释义 形容海阔天空，漫无边际地闲谈。

tán tiān shuō dì

8 新同学很少发言

猜谜提示 从反面去猜想。
成语释义 老生：旧指年老的书生。老书生经常说的话。比喻人们听惯了的没有新鲜意思的话。

lǎo shēngcháng tán

9 烈焰腾腾高十米

猜谜提示 烈焰腾腾，火在往上冒；十米换算为三丈。
成语释义 冒：往上升。形容愤怒到极点。

火冒三丈
huǒ mào sān zhàng

10 四海之内皆朋友

猜谜提示 全天下都没有敌人。
成语释义 天下没有能抵得住的。形容战无不胜，没有对手。

天下无敌
tiān xià wú dí

11 细小疑问能回答

猜谜提示 大的疑惑不能解答。
成语释义 感到非常迷惑，不能理解。

大惑不解
dà huò bù jiě

12 为官清廉心不惭

猜谜提示 这样当官不惭愧。
成语释义 当得起某种称号或荣誉，一点不用感到惭愧。

当之无愧
dāng zhī wú kuì

谜面 7 字

13 唐僧坐骑雄姿健

猜谜提示 唐僧坐骑是白龙马;雄姿健,说明很精神。
成语释义 龙马:高大的骏马。像龙马一样的精神。形容人精神健旺。

龙马精神
lóng mǎ jīng shén

14 千年树下贩陈酒

猜谜提示 倚靠着老树卖老酒。
成语释义 倚:仗着。卖:卖弄。仗着岁数大,摆老资格。

倚老卖老
yǐ lǎo mài lǎo

15 桃花潭水深千尺

猜谜提示 李白《赠汪伦》诗中写道:"桃花潭水深千尺,不及汪伦送我情"。无法与汪伦送我的情谊相比。
成语释义 伦比:类比,匹敌。指事物非常完美,没有能跟它相比的(专指正面的事物)。

无与伦比
wú yǔ lún bǐ

16 白蛇点将战天兵

猜谜提示 白蛇点将,聚集妖精;战天兵,会战天神。
成语释义 聚、会:聚集。形容精神很集中。

聚精会神
jù jīng huì shén

猜谜学成语

17 乘机路近乘船远

猜谜提示 飞行距离短,流程长。
成语释义 飞、流:指散布。短、长:比喻是非。说长道短,散布是非。

fēi duǎn liú cháng 飞短流长

18 博士硕士花名册

猜谜提示 一表册都是人才。
成语释义 表:外貌。形容人相貌英俊、风度潇洒。

yì biǎo rén cái 一表人才

19 长城刚迈第一步

猜谜提示 长城,常称为"万里长城"。既然才刚迈第一步,那前面的路程还有万里。
成语释义 前程:前途。比喻前途远大,不可限量。

qián chéng wàn lǐ 前程万里

20 服药两次均呕掉

猜谜提示 吞服两次,呕吐两次。
成语释义 想说,但又不痛痛快快地说。形容说话有顾虑。

tūn tūn tǔ tǔ 吞吞吐吐

谜面 7 字

21 错把新春作旧岁
猜谜提示 忘记了新旧年的交替。
成语释义 不拘年龄辈分的差异而结交的朋友。

忘年之交
wàng nián zhī jiāo

22 扫除所有蜘蛛网
猜谜提示 一根蛛丝都不许挂。
成语释义 原是佛教用来比喻人没有一丝牵挂。后指人裸体。

一丝不挂
yī sī bù guà

23 为何服用通便剂
猜谜提示 是不能正常解便的缘故。
成语释义 缘：缘分。不能分开的缘分。形容关系密切，互不可分。

不解之缘
bù jiě zhī yuán

24 写生之处乃监狱
猜谜提示 绘画之地是监牢。
成语释义 在地上画个范围当做监牢。比喻只许在指定的范围内活动。

画地为牢
huà dì wéi láo

为赛跑冠军鼓掌

猜谜提示 拍手称赞其跑得快。
成语释义 快:痛快。拍着手喊痛快。多用来形容因事情有称心如意的结局而高兴的样子。

pāi shǒu chēng kuài
拍手称快

便宜干净送爷爷

猜谜提示 便宜,价廉;干净,洁净;送爷爷,奉献给公公。
成语释义 指做官不损公肥私,不贪污受贿,奉行公事。

lián jié fèng gōng
廉洁奉公

卷我屋上三重茅

猜谜提示 谜面出自杜甫《茅屋为秋风所破歌》。秋风吹来,屋上的茅草被卷动。
成语释义 比喻轻微的动荡或变动。

fēng chuī cǎo dòng
风吹草动

个小皮黑是假货

猜谜提示 从反面去推想,真货的品相是又大又白。
成语释义 大白:完全清楚。真实情况完全弄明白了。

zhēn xiàng dà bái
真相大白

谜面 7 字

29
天增岁月人增寿

猜谜提示 天与人各有所增长。
成语释义 长：长处、优点。各有各的长处、优点。

各有所长 (gè yǒu suǒ cháng)

30
崎岖难行按喇叭

猜谜提示 道路不平，则鸣喇叭。
成语释义 鸣：发出声音。指受到委屈和压迫就要发出不满和反抗的呼声。

不平则鸣 (bù píng zé míng)

31
新迁户人心稳定

猜谜提示 住处变了，心不惊慌。
成语释义 变：变乱。指处在变乱之中，能沉着应付，一点儿也不惊慌。

处变不惊 (chǔ biàn bù jīng)

32
扬帆撒网整三旬

猜谜提示 在水中捞了一个月的时间。
成语释义 到水中去捞月亮。比喻去做根本做不到的事情，只能白费力气。又作"海底捞月"。

水中捞月 (shuǐ zhōng lāo yuè)

33 冬天春天在何时

猜谜提示 冬天寒冷,春天暖和。
成语释义 形容关怀体贴备至。

嘘寒问暖
wèn hán wèn nuǎn

34 新婚要写上下联

猜谜提示 新婚人成双,写上下联是在作对子(对联)。
成语释义 成双成对。

成双作对
chéngshuāng zuò duì

35 号手鼓手都是我

猜谜提示 自己吹号还自己擂鼓。
成语释义 吹:吹喇叭。擂:打鼓。自己吹喇叭,自己打鼓。比喻自我吹嘘。

自吹自擂
zì chuī zì léi

36 织女为谁弄丝弦

猜谜提示 织女对牛郎弹琴。
成语释义 比喻对蠢人讲深奥的道理,对外行人讲内行话。也用来讽刺人说话不看对象。

对牛弹琴
duì niú tán qín

谜面 7 字

装潢缺少立体感
猜谜提示 装潢粉饰得太平坦了。
成语释义 粉饰：粉刷装饰。太平：（社会）平安。把社会黑暗混乱的状况掩饰成太平的景象。

粉饰太平
fěn shì tài píng

赞成何须用双手
猜谜提示 表示赞成举一只手即可，用双手，多举了一只。
成语释义 举：举动。指多余的、没有必要的举动。

多此一举
duō cǐ yī jǔ

少小离家老大回
猜谜提示 "少小离家"，早年出去；"老大回"，到了晚年才归来。
成语释义 清早出门，夜晚才回来。形容勤劳辛苦。

早出晚归
zǎo chū wǎn guī

背着大家要房子
猜谜提示 离开群众（背着大家）索要居所。
成语释义 索：孤单。离开群体或同伴，过孤独的生活。

离群索居
lí qún suǒ jū

托人捎信须封口

猜谜提示 不可以打开着让人递交。
成语释义 开交：结束，解决（只用于否定）。没法解脱或结束。

不可开交
bù kě kāi jiāo

工作从不出差错

猜谜提示 没有哪件事出现差错，生出是非。
成语释义 无缘无故找岔子，存心制造麻烦。

无事生非
wú shì shēng fēi

眼药水使用说明

猜谜提示 "使用说明"引导人将眼药水注入到眼里。
成语释义 注目：注视，目光集中在一点上。吸引人们注意。

引人注目
yǐn rén zhù mù

是进亦忧退亦忧

猜谜提示 进亦忧退亦忧，那不进不退，就在其中才会是快乐的。
成语释义 喜欢做某事，并在其中获得乐趣。

乐在其中
lè zài qí zhōng

谜面 7 字

45 肇事原因在带人

猜谜提示 导致灾祸的原因在于不是单独行驶的,而是带了人。
成语释义 祸:灾难。指不幸的事接二连三地发生。

huò bù dān xíng
祸不单行

---

46 浮雕石刻全被盗

猜谜提示 要盗浮雕石刻就要凿壁。全被盗,被偷光了。
成语释义 原指西汉匡衡凿穿墙壁引邻舍之烛光读书。后用来形容家贫而刻苦读书。

záo bì tōu guāng
凿壁偷光

---

47 轿夫都是生面孔

猜谜提示 不认识抬轿子的人。
成语释义 抬举:指称赞、器重或提拔。不懂得人家对自己的好意(多用于指责别人)。

bù shí tái jǔ
不识抬举

---

48 滚滚长江去不回

猜谜提示 "滚滚长江",水流连绵不断。"去不回",忘了返回吧。
成语释义 流连:玩乐时留恋不愿离开。留恋得忘记了回去。

liú lián wàng fǎn
流连忘返

49 娘娘得了富贵病

猜谜提示 皇后患的是富贵病。"富贵",不贫穷。
成语释义 后患:指遗留下来的祸害。穷:穷尽。以后的祸害没有个完。

后患无穷
hòu huàn wú qióng

50 手抓面条待水开

猜谜提示 等着下面条。
成语释义 由这一等逐级往下。指跟某一事物比较起来更差。

等而下之
děng ér xià zhī

51 只怨放翁把妻休

猜谜提示 南宋著名诗人陆游,字务观,号放翁。"只怨放翁把妻休",光是责怪陆游要离异。
成语释义 光怪:光彩奇异。陆离:色彩繁杂。形容奇形怪状,五颜六色。

光怪陆离
guāng guài lù lí

52 电影拍摄谢婉莹

猜谜提示 这一影片,拍摄的是冰心。著名作家冰心,原名谢婉莹,笔名冰心。
成语释义 冰心:清明纯洁的心。形容高洁的品行。

一片冰心
yī piàn bīng xīn

谜 面 7 字

53 警方线人全更换

猜谜提示 耳目都是新的。
成语释义 听到的、看到的跟以前完全不同，使人感到新鲜。形容改变后的情况比以前好。

耳目一新
ěr mù yī xīn

54 迅雷不及闪电快

猜谜提示 听到雷声之前，我们先见到的是明亮的闪电。
成语释义 先见：预见。明：指眼力。能预见事物发展的眼力。

先见之明
xiān jiàn zhī míng

55 姓氏名号都已报

猜谜提示 在古代，许多人除了姓名，还有字、号。姓氏名号都报了，只有"字"不提。
成语释义 只：一个。一个字也不谈起。比喻有意不说。

只字不提
zhī zì bù tí

56 三对莲藕出淤泥

猜谜提示 三对莲藕共六根。出淤泥后，才会清洁干净。
成语释义 六根：佛家指眼、耳、鼻、舌、身、意。佛家用语，指断除由六根引起的欲念，便可免除一切烦恼。

六根清净
liù gēn qīng jìng

猜谜学成语

57 唯有七妹配董郎

猜谜提示 谜面源自黄梅戏《天仙配》。七仙女私自下凡,在槐树下遇到董永,最终结为夫妻。"唯有七妹配董郎",还有六位神仙女"无主"。

成语释义 六神:道家指主宰人心、肺、肝、肾、脾、胆的神。形容惊慌着急,没了主意,不知如何才好。

六神无主 liù shén wú zhǔ

58 白发吴刚降凡尘

猜谜提示 神话传说中吴刚因遭天帝惩罚而在月宫中砍伐桂树。白发吴刚降凡尘,月亮上下来一个老人。

成语释义 原指主管婚姻的神仙。后用作媒人的代称。简称"月老"。

月下老人 yuè xià lǎo rén

59 完工前尚可修改

猜谜提示 一旦完成了,就不能变。

成语释义 成:形成。一经形成,不再改变。

一成不变 yī chéng bù biàn

60 雨打脊梁人发抖

猜谜提示 背上淋到雨水,身体战栗(战抖)。

成语释义 背水:背向水,表示没有退路。比喻与敌人决一死战。

背水一战 bèi shuǐ yī zhàn

谜面 7 字

61 辘轳打水不离绳

猜谜提示 利用辘轳在井中取水需要绳索,每口井上都有条绳索。
成语释义 井井:整齐不乱的样子。形容说话办事有条有理。

井井有条 jǐng jǐng yǒu tiáo

62 临走没有讲清楚

猜谜提示 含含糊糊地告辞了。
成语释义 含糊:不明确,不清晰。辞:言语。话说得不清不楚,含含糊糊。

含糊其辞 hán hu qí cí

63 馒头未熟莫揭锅

猜谜提示 别揭开,还是生的面食啊。
成语释义 生面:新的面貌。指另创新的格局或新的形式。

别开生面 bié kāi shēng miàn

64 重阳时节家家忙

猜谜提示 农历每年的九月初九日为重阳节,是在秋天。家家忙,说明事情多。
成语释义 事:事变。秋:时期。事变很多的时期。

多事之秋 duō shì zhī qiū

深锁柴扉忆旧游

猜谜提示 关闭门扉，思忆自己曾经去游览过的地方。
成语释义 过：过错。关起门来反省自己的过错。

闭门思过
bì mén sī guò

读书活动就是好

猜谜提示 打开书本，读读书是有益处的。
成语释义 开卷：打开书本，指读书。益：好处。读书总有好处。

开卷有益
kāi juàn yǒu yì

接元首二楼清场

猜谜提示 为迎接头儿，要赶走上面的人。
成语释义 迎：向着。头：走在前面的。加紧追过最前面的。

迎头赶上
yíng tóu gǎn shàng

牛犊蹦上独木桥

猜谜提示 蹦跳到桥梁上的小牛。牛犊：小牛。在生肖地支的对应关系中，"牛"对应"丑"。
成语释义 跳梁：即"跳踉（liáng）"，跳来跳去，形容捣乱的样子。
小丑：卑鄙的小人。比喻猖狂捣乱而成不了大气候的坏人。

跳梁小丑
tiào liáng xiǎo chǒu

谜面 7 字

69 零加零不等于零

猜谜提示 "零"是没有,是无。"不等于零",有了。
成语释义 把没有的说成有。指凭空捏造。

无中生有
wú zhōng shēng yǒu

70 按摩医生医术好

猜谜提示 动手按摩就把疾病除掉了。
成语释义 刚动手治疗,病就除去了。形容医术高明。也比喻工作做得好,解决问题迅速。

手到病除
shǒu dào bìng chú

71 拆开信来吓一跳

猜谜提示 "信"字拆开是"人(亻)言"。吓一跳,让人生畏。
成语释义 人们的议论,尤其是流言蜚语是很可怕的。

人言可畏
rén yán kě wèi

72 欢欢喜喜奔小康

猜谜提示 欢欢喜喜,快乐。奔向小康生活,不贫穷。
成语释义 其中的乐趣没有穷尽。

其乐无穷
qí lè wú qióng

猜谜学成语

太空服密封性好

猜谜提示 太空服即航天服,是航天员上天所穿的服装,为密闭装备。

成语释义 神话传说,仙女的衣服没有衣缝。比喻事物完善周密,找不出什么毛病(多指诗文等)。

tiān yī wú fèng
天衣无缝

眉毛胡子一起刮

猜谜提示 理发店哪有这种理法呢?

成语释义 哪有这个道理。指别人的言行或某一事物极其荒谬。

qǐ yǒu cǐ lǐ
岂有此理

山洪退尽舍成墟

猜谜提示 水流离去后,灾民失去了居所。

成语释义 流离:指为生活所迫,离开本乡本土,到处流浪。失所:失掉安身的地方。无处安身,到处流浪。

liú lí shī suǒ
流离失所

不易区别不易猜

猜谜提示 难以分辨,难以猜解。

成语释义 指双方争吵、斗争、比赛等相持不下,难以分开。有时也形容双方关系十分亲密,分不开。又作"难解难分"。

nán fēn nán jiě
难分难解

谜面 7 字

劣质味精常出现

猜谜提示 劣质味精常出现，屡屡见到不鲜美的味精。

成语释义 屡：屡次，常常。鲜：新鲜，新奇。常常见到，并不新奇。

屡见不鲜
lǚ jiàn bù xiān

孙悟空龙宫借宝

猜谜提示 在大海里捞走定海神针（东海龙王龙宫里的镇海之宝）。

成语释义 在大海里捞一根针。比喻极难找到。

大海捞针
dà hǎi lāo zhēn

两个傻子坐不住

猜谜提示 傻子，愚蠢的人。坐不住，想动了。

成语释义 蠢蠢：虫子拱着爬动的样子。比喻敌人准备进攻或坏人阴谋捣乱。

蠢蠢欲动
chǔn chǔn yù dòng

砍柴归来吹竹笛

猜谜提示 先砍柴，后吹奏。

成语释义 原指臣子先把人处决了，然后再报告帝王。后比喻未经请示就先做了某事，造成既成事实，然后再向上级报告。

先斩后奏
xiān zhǎn hòu zòu

81 佳期忙坏豆腐坊

猜谜提示 谜面"佳期"指婚期,是好事。忙坏豆腐坊,多磨豆腐。

成语释义 磨:磨难,挫折。好事情在实现或成功之前往往要经历很多磨难。

好事多磨 (hǎo shì duō mó)

82 兔子不吃窝边草

猜谜提示 不吃窝边草,舍弃窝边近的,寻求远的。

成语释义 舍去近处的,追求远处的。形容做事走弯路。

舍近求远 (shě jìn qiú yuǎn)

83 除龋齿应上医院

猜谜提示 不能自己拔牙。

成语释义 拔:摆脱。不能主动地从痛苦、错误或罪恶中解脱出来。

不能自拔 (bù néng zì bá)

84 清明过后方抽条

猜谜提示 抽条:长出枝条。"清明过后方抽条",清明节不生,节外(后)再生出枝条。

成语释义 本不应该生枝的地方生枝。比喻在原有的问题之外又岔出了新问题。多指故意设置障碍,使问题不能顺利解决。

节外生枝 (jié wài shēng zhī)

谜面 7 字

85 眼下只认甲乙丙

猜谜提示 "甲乙丙丁"，只认甲乙丙，丁不认识。
成语释义 形容一个字也不认得。又作"不识一丁"。

目不识丁
mù bù shí dīng

86 扬鞭奔驰看不清

猜谜提示 扬鞭奔驰是骑着马。看不清，眼睛看花了，模糊不清。
成语释义 走：跑。走马：骑着马跑。骑在奔跑的马上看花。原形容事情如意，心情愉快。后多指大略地观察一下。

走马观花
zǒu mǎ guān huā

87 两次开销都是我

猜谜提示 "开销"是"支"出，"我"可以用"吾"字表示。
成语释义 说话吞吞吐吐，应付搪塞。

支吾其词
zhī wū qí cí

88 种瓜得瓜不卖瓜

猜谜提示 自己食用这些瓜果。
成语释义 果：后果。指自己做了坏事，自己受到损害或惩罚。

自食其果
zì shí qí guǒ

猜谜学成语

89 生产鞋袜不外销

猜谜提示 是给自己的脚穿的。
成语释义 给（jǐ）：供给。依靠自己的生产，满足自己的需要。

自给自足
zì jǐ zì zú

90 怀揣状纸四处行

猜谜提示 到处奔走，要告状。
成语释义 走：跑。指有重大消息时，人们奔跑着互相转告。

奔走相告
bēn zǒu xiāng gào

91 坏事常因酒后生

猜谜提示 做出坏事恶事来，多因此前端了酒杯。
成语释义 做了许多坏事。指罪恶累累。

作恶多端
zuò è duō duān

92 "劲"字如何变"氢"字

猜谜提示 先要比较两字的组成部件有何不同。"劲"字有"力"，"氢"字有"气"。
成语释义 形容人身体虚弱无力或精神不振作。

有气无力
yǒu qì wú lì

谜面 7 字

93

跳完秧歌包饺子

猜谜提示 扭秧歌，包饺子。包饺子时要捏一捏，才能包牢。
成语释义 指言语、行动做作，不自然，不大方。

扭扭捏捏
niǔ niǔ niē niē

94

不识庐山真面目

猜谜提示 宋·苏轼《题西林壁》："横看成岭侧成峰，远近高低各不同。不识庐山真面目，只缘身在此山中。"为什么不能辨认庐山的真实面目呢？只因为身在庐山之中。
成语释义 临：到。境：地方，境地。亲自到了那个境地。

身临其境
shēn lín qí jìng

95

外人莫进御花园

猜谜提示 御花园是专供皇上游览的。古代帝王，自称"孤"或"寡人"。
成语释义 孤：单独。芳：花香，这里指香花。把自己比成仅有的香花而自我欣赏。比喻自命清高。

孤芳自赏
gū fāng zì shǎng

96

带球上篮被封死

猜谜提示 被封死了，带球上篮（投球）无路。
成语释义 投：投奔。无路可走，已到绝境。比喻处境极困难，找不到出路。

走投无路
zǒu tóu wú lù

西施、曹操各有病

猜谜提示 西施的病是心痛,曹操的病是头痛。
成语释义 疾:痛。首:头。形容痛恨到了极点。

痛心疾首
tòng xīn jí shǒu

谜面 8 字

1. 一手拿针一手拿线

猜谜提示 望着针眼欲穿线。
成语释义 穿：通透。眼睛都要望穿了。形容盼望殷切。

（谜底：望眼欲穿 wàng yǎn yù chuān）

2. 粤剧奉命到京演出

猜谜提示 粤剧是我国南方的一大剧种。"奉命到京演出"是往北调。
成语释义 南、北：指我国南方、北方。腔、调：声腔，语调。形容说话口音不纯，搀杂着方音。

（谜底：南腔北调 nán qiāng běi diào）

3. 介绍丝绸之路新貌

猜谜提示 丝绸之路是古代路上商业贸易路线。是古道路。
成语释义 从古到今无所不谈。形容话题广泛。

（谜底：说古道今 shuō gǔ dào jīn）

4. 电扇定转六十分钟

猜谜提示 吹风一小时。
成语释义 风行：像刮风一样流行。一时：一个时期。形容事物在一个时期内非常流行。

（谜底：风行一时 fēng xíng yī shí）

猜谜学成语

5 下次座谈时间已定

猜谜提示 以后什么时候开座谈会，已经有了确定的日期。
成语释义 期：时期，日子。以后还有相会的日子。

后会有期
hòu huì yǒu qī

6 近视眼细审诉讼状

猜谜提示 因为近视，举起案件诉讼状凑近眼睛看，快齐眉毛位置了。
成语释义 案：古代盛食物的有短脚的木托盘。送饭时把托盘举到和眉毛齐平的位置。形容夫妻相互敬爱。

举案齐眉
jǔ àn qí méi

7 花儿为什么这样香

猜谜提示 如果没有闻到花香，也就不会问了。
成语释义 闻：听。人家说的不听，也不主动去问。形容对事情不关心。

不闻不问
bù wén bù wèn

8 终身探索数学奥秘

猜谜提示 老是在谋算数学上深奥的问题。
成语释义 周密的筹划，深远的打算。形容人精明老练。

老谋深算
lǎo móu shēn suàn

谜 面 8 字

9 成都草堂暂停开放

猜谜提示 成都草堂，指成都杜甫草堂。暂停开放，暂时谢绝游客。

成语释义 杜门：闭门。关闭大门，谢绝来客。指不与人往来。

杜门谢客
dù mén xiè kè

---

10 拔河比赛屡战屡败

猜谜提示 总是失败，只见往前进，不见向后退。

成语释义 只有前进，没有后退。

有进无退
yǒu jìn wú tuì

---

11 书将使你受益无穷

猜谜提示 书本对人有太多的利益啊。

成语释义 本：本钱。利：利润。形容只用少量本钱而牟取最大利润。

一本万利
yī běn wàn lì

---

12 猴子称王当用何计

猜谜提示 俗语说"山中无老虎，猴子称大王。"猴子欲称王，要把老虎调离开才行。

成语释义 调：调动。设法使老虎离开原来的山头。比喻用计使对方离开原来的地方，以便乘机行事。

调虎离山
diào hǔ lí shān

猜谜学成语

13 秘药配剂，决不传人

猜谜提示 独霸一个药方。
成语释义 独自霸占一个地方。形容恶人称王称霸，为所欲为。

独霸一方
dú bà yī fāng

14 服安眠药，听安眠曲

猜谜提示 谜面意思是内服安眠药，外听安眠曲，交相作用，让人想睡觉。
成语释义 交：同时，一齐。内部和外部都处在艰难困苦之中。形容处境十分困难。

内外交困
nèi wài jiāo kùn

15 上班时间，暂停阅览

猜谜提示 那就等空闲了再看吧。
成语释义 等闲：平常。把它看成平常的事，不预重视。

等闲视之
děng xián shì zhī

16 爱听广播，爱看电视

猜谜提示 爱听广播，喜闻（听）；爱看电视，乐见。
成语释义 闻：听。喜欢听，乐意看。指很欢迎。

喜闻乐见
xǐ wén lè jiàn

谜面 8 字

17 一不超车，二不超速

猜谜提示 遵循先后次序，逐渐前进吧。
成语释义 循：按照。序：次序。渐：逐渐。指学习工作等按照一定的步骤逐渐深入或提高。

循序渐进
xún xù jiàn jìn

18 挑千斤担，行万里路

猜谜提示 挑千斤担，负担重。行万里路，道路远。
成语释义 担子很重，道路很远。比喻责任重大，要经历长期的奋斗。

任重道远
rèn zhòng dào yuǎn

19 十人报考，七人落榜

猜谜提示 只有三个考生是幸运的。
成语释义 三生：佛教指前生、今生、来生。幸：幸运。三生都感到幸运。形容极其难得的幸运。多用于初次见面时的客套话。

三生有幸
sān shēng yǒu xìng

20 元旦放假，翌日加班

猜谜提示 翌日：次日。谜面说一月一号不做事，二号不休息。
成语释义 休：停止。原意是要么不做，做了就索兴做到底。后指事情既然做开了头，就索兴做到底。

一不做，二不休
yī bù zuò, èr bù xiū

21 车船准点，旅客欢喜

猜谜提示 及时行驶，旅客就快乐。
成语释义 不失时机，寻欢作乐。

及时行乐
jí shí xíng lè

22 精彩魔术，其妙难解

猜谜提示 魔术变幻巧妙，让人难以猜测。
成语释义 变幻：经常地不规则地变化。莫测：不能预料。指事物变化迅速，捉摸不定。

变幻莫测
biàn huàn mò cè

23 工艺复杂，允许提价

猜谜提示 因工艺复杂，难以做到，价格可以贵些。
成语释义 难能：不容易做到。可贵：值得珍视。指不容易做到的事居然能做到，非常可贵，很值得重视。

难能可贵
nán néng kě guì

24 如此豪宴，令人咋舌

猜谜提示 大吃大喝，令人一惊。
成语释义 形容对发生的事没有准备，感到十分吃惊。

大吃一惊
dà chī yì jīng

谜面8字

25 韩信钻胯，项羽扛鼎

猜谜提示 韩信钻胯，是忍受屈辱。项羽扛鼎，是负重。
成语释义 为了完成艰巨的任务，忍受暂时的屈辱。

忍辱负重
rěn rǔ fù zhòng

26 玉器展览，尽收眼底

猜谜提示 有个和玉石有关的词语叫"琳琅"。
成语释义 琳琅：美玉，比喻珍贵的东西。满眼都是珍贵的东西。形容美好的事物很多。

琳琅满目
lín láng mǎn mù

27 今日不可，此处不妥

猜谜提示 今日不可，那就改天吧。此处不妥，换地方好了。
成语释义 天、地：比喻自然和社会。指彻底改造社会，改造自然。

改天换地
gǎi tiān huàn dì

28 悟空出世，慌了玉帝

猜谜提示 悟空出世时，石头破裂开。慌了玉帝，天上都惊动了。
成语释义 原形容箜篌（古乐器）的声音，忽而高亢，忽而低沉，出人意外，有难以形容的奇境。后多比喻文章议论新奇惊人。

石破天惊
shí pò tiān jīng

猜谜学成语

千年松树,五月芭蕉

猜谜提示 千年松树必有粗壮的枝干,五月芭蕉应有宽大的叶片。

成语释义 比喻工作粗糙,不认真细致。

粗枝大叶
cū zhī dà yè

晶莹的泪,悄悄地落

猜谜提示 明亮的泪珠,暗暗地落。

成语释义 比喻有才能的人得不到重视,或好人失足落入坏人的集团,同流合污。也比喻珍贵的东西落到了不识货的人手里。

明珠暗投
míng zhū àn tóu

弈成平局,借故离开

猜谜提示 下了一盘和棋,借故推脱离开,出去了。

成语释义 和:连带。(端碗时)连盘子也端出来了。比喻把情况全部说出来,毫不保留。

和盘托出
hé pán tuō chū

谜面 10 字以上

1. 是谁在那儿光笑没干活

猜谜提示 何人在那儿光乐不做事?

成语释义 为：做。有什么不乐于去做的呢？表示乐意去做。又作"何乐而不为"。

何乐不为 hé lè bù wéi

2. 领会了字义，写不出字体

猜谜提示 领会了字义，已悟得字的意思；写不出字体，说明忘了字形。

成语释义 形：形态，样子。形容浅薄的人在得志的时候忘其所以，失去了常态。

得意忘形 dé yì wàng xíng

3. 牙虽已掉光，记性却很强

猜谜提示 牙已掉光，没了牙齿；记性却很强，不忘记。

成语释义 没（mò）：终，尽。齿：年龄。没齿：没世，终身。一辈子也忘不了（旧时表示感激的话）。

没齿不忘 mò chǐ bù wàng

4. 孩子别打扰，爸爸在动脑

猜谜提示 小孩若忍耐不住，就会扰乱大人谋划。

成语释义 谋：计谋，计划。对小事不能忍耐，就会败坏整个计划。

小不忍则乱大谋 xiǎo bù rěn zé luàn dà móu

5

大漠孤烟直，长河落日圆

猜谜提示　谜面出自唐代诗人王维的《使至塞上》一诗。"大漠孤烟直"说明风已平息；"长河落日圆"说明浪已静止。

成语释义　指没有风浪。比喻平静无事。

风平浪静
fēng píng làng jìng

6

四海会宾客，五洲交朋友

猜谜提示　谜面为《亚洲雄风》歌词。"四海会宾客"，会见的多；"五洲交朋友"，结识很广。

成语释义　见过的多，知道的广。形容阅历深，经验多。

见多识广
jiàn duō shí guǎng

7

女大十八变，越变越好看

猜谜提示　是长大成人后的美丽。

成语释义　成：成全，帮助。美：好，好事。成全别人的好事。

成人之美
chéng rén zhī měi

8

骏马驰千里，银燕入云霄

猜谜提示　"骏马驰千里"是远走，"银燕入云霄"是高飞。

成语释义　指像野兽那样远远跑掉，像鸟儿那样高高飞走。比喻人跑到很远的地方去。多指摆脱困境去寻找出路。

远走高飞
yuǎn zǒu gāo fēi

谜面 10 字以上

9 王母娘娘庆寿,黎民百姓成亲

猜谜提示 王母娘娘庆寿,是天上欢庆。黎民百姓成亲,是地上喜事。

成语释义 形容非常高兴。

huan tian xi di
欢天喜地

10 执笔不宜太重,用墨不宜太浓

猜谜提示 要联想"重""浓"的反义词。

成语释义 原指描绘时用浅淡的颜色轻轻地着笔。后多指说话写文章把重要问题轻轻带过。

qing miao dan xie
轻描淡写

11 食品未熟连锅端,小人袜子大人穿

猜谜提示 食品未熟连锅端,生的就搬走;小人袜子大人穿,硬往脚上套。

成语释义 指不顾实际情况,机械地运用别人的经验,照抄别人的办法。

sheng ban ying tao
生搬硬套